过家

庞涛 著

江苏凤凰文艺出版社
JIANGSU PHOENIX LITERATURE AND ART PUBLISHING

图书在版编目（CIP）数据

过客 / 庞涛著. —南京：江苏凤凰文艺出版社，2023.10

ISBN 978 - 7 - 5594 - 6746 - 1

Ⅰ. ①过… Ⅱ. ①庞… Ⅲ. ①诗集—中国—当代 Ⅳ. ①I227

中国国家版本馆 CIP 数据核字(2023)第 169323 号

过客

庞涛 著

出 版 人 张在健
责任编辑 孙金荣
责任印制 刘 巍
出版发行 江苏凤凰文艺出版社
南京市中央路 165 号，邮编：210009
网 址 http://www.jswenyi.com
印 刷 南京新洲印刷有限公司
开 本 890 毫米×1240 毫米 1/32
印 张 7.5
字 数 140 千字
版 次 2023 年 10 月第 1 版
印 次 2023 年 10 月第 1 次印刷
书 号 ISBN 978 - 7 - 5594 - 6746 - 1
定 价 65.00 元

目录

第二辑
悟道人生

序　　诗意栖居的心灵图谱

叶延滨

庞涛是江苏名城连云港代表性的优秀诗人，已经出版了《幸福的意外》《打卡的青春》等多部诗集，被吸收为中国作家协会的会员。《过客》这部新诗集，分为“古城春秋”“悟道人生”“指点财经”“风物传情”四辑。书写了诗人对他生活的连云港城市的感恩和热爱，同时又写出了诗人对这个世界独到的感悟。连云港是一座神奇而美丽的滨海港市。这座城市依山临海，山海之间是通达四海的码头，又是欧亚铁路的东方起点。这座城市有悠久文明传统，又是与世界相通的现代新城。庞涛以向这座城市致敬的方式，书写了连云港的山水街巷、古迹新貌，同时又写出了一个当代诗人的心灵图谱。一座城与一个诗人，诗歌编织了他们之间的精神联系，成为有生命力的大树。同时诗人将日常的生活场景和所见所想，化为这棵繁茂大树上的树叶和花朵。庞涛是一位成熟的诗人，用他的笔诗意地再现了连云港这座名城，这是一件值得点赞的事情。诗人用一首首诗呈现了一位城市“过客”诗意栖居的心灵图谱，这也为诗歌文化传承提供了新的篇章。“这些年，诗歌已经成了我生活工作不可或缺的灵魂伴侣，似乎每时每刻都有一种不可抗拒的写诗冲动。尽管我每日的绝大部分时间都在为一个单位的经营发展忙碌和奋斗，但内心深处始终庇护着一块自由的空间，让自己扛起了写诗的使命，且欲罢而不能。”这是一个以诗为伴侣的优秀诗人的真实写照，也引导读者走近诗人热爱的城市和倾听诗人的心灵独白。

开篇“古城春秋”诗人就给读者展现了他热爱的这座城市，一山一水，一草一木，街景小巷，古迹名胜，一一化作了诗人笔下的诗篇：孔望山、花果山、连岛、石棚山、高公岛、白虎山……以及一块老城砖；从欧亚专列、园博园，到古城牌坊，山水相依的长卷，古今交融的短章，这些题材如何呈现和开掘，诗人是下了相当功夫的。读到这些作品也感受到诗人运用语言的力道和水平。如果说诗人用诗去致敬这座城市，那么这种写作的过程也是诗人精神世界的修炼过程。庞涛不是那种晦涩和拧巴的某某派诗人，他的诗风明快、清朗，充满阳光。他是那种承续悠久的诗歌传统，努力写出当下时代特色的优秀诗人。他走在一条大道守正的创作道路上，不以尖声惊叫取悦读者，而是以浸润大爱的情怀感染读者。如他的诗作《汉象与秋风》就跳脱出具体的风景山水，写出了这座千年古城的内涵气韵：“一片一片枯黄，飘落／重复着，孔望山上／季节的凋零和彷徨／亦如汉象足下的沧桑／踏过无人知晓的踪迹迷茫／秋风揉成愁云朵朵／似海水涌起一波又一浪／历史本是一种气象／沿途的风景皆是国殇／孔子望海，始皇巡游／引来小城古韵悠悠浩荡／一山，一庵，一流苏／见证多少风流倜傥／信念化作一根汉象缰绳／牵着日子走向远方”。这首短诗，千年变迁化为春秋气象，盛世风采写就诗家寓言，无数史书里的警言和平常百姓嘴里的传说，都在诗行中互相映衬而呈现出诗人的悲悯大爱。从这首诗可以看出一个优秀诗人所具有的创造才能。正如《过客》一诗中写道：“每个足迹都是人生注解。”这些书写连云港的诗篇细细读来，是一个诗人对自己生活的山海古城的致敬之旅，充满大爱，饱含敬畏，让我们在走进这座城的同时，走进诗人的内心。

诗人是诗歌的第一主人公，读者读诗其实是在读诗人本身，读他的内心，读他的眼光，读他的情怀和才华。在这本诗集中，一座城与一个诗人是分不开的，那些与诗人自身有关的诗篇，更显现了诗人不凡的想象力，短诗《泪滴，最小的海》就很出彩："那滴眼泪/伴着情感的飓风走来/沿途照亮了无数星辰/呼唤着万千澎湃/心灵的原野/播种了多少相亲相爱/一旦撒手了人寰/灵魂的期许就没有未来/思念化作双楫/任凭多么浪高风急/岸，永远在视线里/走不出的/是那片最小的海"。这首诗出奇制胜，使最小的水珠与最大的海发生联系。泪与海有相关的因素，都是水，都咸涩。然而从一滴眼泪想到大海，也许只有生活在大海边的诗人才会有这样的联想。产生这样的联想，让眼泪后面的故事，人生的悲欢离合，世间的喜剧悲剧，都像风云翻滚的大海一样丰富，更像大海波涛汹涌无法预测。诗人在这滴眼泪里看到另一个大海，那就是人的内心世界，无比丰富而又有无限可能。同样地，诗人对一座城市写出充满热爱的诗篇时，也完成了修炼与升华的精神之旅，《过客》一诗写出了诗人们的相似命运："一只候鸟/用羽毛渲染四季的色彩/一缕清风/用台历翻开岁月的交代/这么风雨兼程走着/那么花开花落看着/不知不觉/时光已把曾经掩埋/当下倒影梦中未来/青山长成不朽祭台/大海洗净了无垠星空/逝者如斯夫啊/每个足迹都是人生注解"。如果脱开这部诗集，诗人在这里只是塑造了一个过客的形象。但是在我读了他对名城连云港 致敬的这些诗篇后，感到这个过客就是诗人自己。是诗人朝着诗意栖居的理想前行，是诗人为了创造更美的诗篇义无反顾地坚持写作，在写作中得到救赎，也在写作中注解人生完成自我。

其实写作的过程最重要的是精神的升华与品位的提高，这是一个不断努力的过程，诗意的开掘与诗境的创新，都是诗人修炼的成果。这是许多优秀诗人成长的共同道路。从庞涛已出版的诗集，可以看出他是一个关注现实，努力从生活中发现美好事物，表达内心向善向上追求的优秀诗人。在这部诗集中，我也看到诗人努力把日常工作和生活中的事情，纳入写作的视野，信用卡、借贷、欠债等城市生活的新内容和新要素，成为诗人笔下的新题材。这些尝试不一定都能成功，但这种努力开拓诗歌疆域的方向值得肯定，其中《黑天鹅》就写得不错："因为你的到来/让这世界很无奈/谁也未曾吹过你的风/相拥的岁月，衔来了/疫情、战争、旱涝和股灾//一个不速之客的暗访/引来无尽的伤害/何处是灵魂栖息的归处/叩问多舛命运的主宰/一只不祥的神鸟/用翅膀遮挡了生活的光彩//人们呼唤英雄的时代/期盼后羿射日再来，还有/景阳冈武松打虎的气概/未来，也许日子会苦点/扛上一把猎枪赶路/静待花落花开"。现实生活中的黑天鹅事件，进入了诗人的视野，成了有现代感的意象，虽稍显稚气，但这种努力值得肯定。相比之下，另一首从生活中得到的短诗《浅吟低唱是江山》，就完成得相当精彩："从小崇拜京剧里的'角'/个个身怀绝技，智勇双全/他们一杆枪，一条马鞭/舞台上转几圈，就凯旋了/那场《霸王别姬》/乌江之畔，青山绿水/一男一女互诉衷肠/未见千军万马厮杀/唯有生旦净末丑粉墨登场/不见血腥，但见江山"。这首只有十行的短诗，意境深远宏大，场面却精致生动，写的是舞台上的角儿，背后有风云突变，江山社稷，万马千军。虽是一首小诗，意象生动，语言有张力，诗行背后有深意。这首诗来自生活中的观察，也折射出诗人内心的修行。这首诗验证了诗人对写作的理解，写作诗歌是诗意栖居的方式，也是一生的追求。

祝贺诗人新诗集问世，期待读到诗人更多的好作品。

是为序。

2023年7月于北京

叶延滨

当代诗人、作家、评论家。历任四川作协《星星》主编、中国作协《诗刊》主编、中国作协诗歌委员会主任。现已出版诗集、文集共54部。代表诗作《干妈》获中国作家协会优秀中青年诗人诗歌奖（1979—1980年），诗集《二重奏》获中国作家协会第三届新诗集奖（1985—1986年），其余诗歌、散文、杂文先后获四川文学奖、北京文学奖、十月文学奖、青年文学奖等近百余种文学奖。作品先后被收入了国内外600余种选集。

前言　过客

题记：夫天地者，万物之逆旅也；光阴者，百代之过客也。

一只候鸟
用羽毛渲染四季的色彩
一缕清风
用台历翻开岁月的交代
这么风雨兼程走着
那么花开花落看着
不知不觉
时光已把曾经掩埋
当下倒影梦中未来
青山长成不朽祭台
大海洗净了无垠星空
逝者如斯夫啊
每个足迹都是人生注解

第一辑

古城春秋

当被寻访朝拜时
你总会用不朽来超度
岁月无痕，于是
落叶成了永生的见证
——摘自《经典》

孔望山

山还是那一座山
海还是那一个海
一次不期而遇
一次登高望远，于是
成就了2500年的道场

山在海中
凭水激荡，岁月
早已冲走了圣人的足迹
留下生生不息的思想

多少次擦肩而过
多少回驻足远方
一部《论语》，一组雕像
又风雨了多少国殇？！

花果山

走向你
不是因为你的身高和别样
也不是因为满山的花果芬芳
还有大圣湖水的微风荡漾
而是为了寻觅
三藏东传时的路在何方

走向你
不是因为太白金星的拐杖
也不是因为美人松的忠贞刚强
还有十八盘的蜿蜒绵长
而是为了朝拜
玉皇阁天上人间的情殇

走向你
不是因为水帘洞的风光
也不是因为三元宫的金碧辉煌
还有墨香小径的奇思妙想
而是为了禅悟
缕缕氤氲里的万世沧桑

走向你
不是因为苍松古杏的感伤
也不是因为海浸石的遥远回响
还有金镶玉竹的邮寄八荒
而是为了缅怀
寺僧浴血抗日的国人担当

站立玉女峰上
炊烟袅袅村庄
与其承诺千年的无悔守望
不如牵手一日的地老天荒

连岛

那一条退役的渔船
记住了从前
也记住了苦涩和艰难
来来往往多少回
你成了岸的呼唤

一条拦海大堤
延伸出多少心愿
繁忙的码头
化作欧亚路桥的终点
浪花飞溅，回声
这一路的沧桑巨变

盛装的春天
娇羞了满山的烂漫
潮起潮落的苏马湾
不变的是景
变的是一代代人的梦

石棚山

一处飞石棚景
尽揽风光旖旎名胜
多少古韵悠悠
穿越历史长空
试剑劈石迎来汉室复兴
萋萋糜竺坟茔
荒芜了岁月，留下美名
芙蓉洞外，难觅
曼卿读书踪影
送来幽独的“高行清风”
岩壁诵读碑林词赋
想起了东坡，记住张公
浪淘尽，水落石出
绝胜如梦
几度风雨几度秋

高公岛

三面环海的半岛
坐于云台龙首的怀抱
峰巅上的三足金羊
远眺，红涛浴日的奇妙
鸥鸟翔鸣，金沙碧涛
黄窝渔湾的浪漫游人
荡起了潮起潮落的狂飙
凤凰栖息岩下
神龙巨凤的恋情挂上树梢
多少岁月的等待
让海蚀石刻满沧桑的煎熬
大圣取道龙宫借宝
赢来一带一路崛起富饶
龙潭涧水淙淙
淋湿了缕缕情思
也带走了怦怦心跳

白虎山

鸟瞰你的存在
那是一只白虎卧伏姿态
这里曾有海，岁月演绎了
黄公赤刀御虎的神话精彩

“好汉茔”已被荒芜掩埋
何处又能寻觅——
水泊梁山36条好汉的气概
蔷薇河畔，激荡着
烽烟四起多少沧桑尘埃

虎峰夕照碧霞飞
白壁山畔墨香来，风云
点燃了星火燎原时代
筑起东海特支丰碑豪迈

山不在高，有仙则灵
白虎山已没有仙
靠一个非遗庙会来传载
一座古城的可爱

古城砖

你的故事
可以追溯到五百年前
你的工艺
见证烽火岁月的心酸
栉风沐雨
不变那份厚重和傲然

你的基因
凝固了多少历史演变
你的图腾
承载了多少风雨涅槃
护城防寇
扛起义无反顾的果敢

残垣断壁
背负沧桑沉重的昨天
满目疮痍
升腾跋涉未来的信念
干戈春秋
激荡大浪淘沙的巨澜

大海东去
捎去浩瀚星光点点
城砖一块
遥寄一份不老情感

雕工

一把刻刀一段人生
幽深的古城小巷
踏入一个缤纷的梦境
斑驳的岁月留痕
化作遥远的回声
一块料模一个造型
或是鬼斧神工
或是栩栩如生
命运像白虎山畔的风
绿了夏的春情
静了冬的秋鸣
每个摆件的背后
皆是那满手茧子的殉情

桥头堡

带上一把渔火
驶入浩渺无际的远方
旭日东升的曙光
引领赶潮人的航向

多少世纪的祈祷
难抵丝绸之路的苍凉
风起云涌的海港
迎送寻梦人的坚强

欧亚桥头的连线
开启崛起辉煌的构想
往来穿梭的班列
托起跨境人的希望

万国互联的金桥
架起民族未来的希望
风雨兼程的奔走
扛起中国人的担当

一带一路的交会

擘画在海一方
天地祥和的家乡
立起一个大国的形象

中欧班列

西连欧洲大陆
东临太平洋
用一带一路的情谊
促成世界协作融合
贸易壁垒打破
开启万国互联先河
一条金色的飘带
让地球旋成陀螺
中哈战略定夺
领袖运筹帷幄
桥头堡国旗猎猎
无水港一派祥和
箱体统调统卸
粮食畅销异国
接轨，赢来时代飞跃
瀚海百丈云飞潮落
那不是哥伦布的传说
飓风已从海上刮过

汉大象

从东汉一路走来
闯过了多少云烟浩海
不幸迷失了归途
孤寂地千年寻觅等待
那幸福家族，温馨母爱
一个圣人登高观海
赋予了古城仁慈情怀
象奴长成山上的宠儿
不但足踏莲花佛座
而且一脸萌宝憨态
安逸悠闲，灵动自在
忘情于绿水青山之间
放逐清风惬意仙界
岁月已走向遥远
那只大象依然青春可爱

走过海州中大街

像一个坐标中心
布局了古城的纵横经纬
流逝的沧桑记忆
每处斑驳都是底蕴钩沉
多少世纪的踩踏
小巷的石径已光亮照人
凹凸不平的坎坷
婉约了丝路马蹄的回音
厚重的暮鼓晨钟
敲开了疮痍的秦东大门
遥想一个老剧院
咀嚼人间万象的回味
秦王巡过，孔子也来过
因为一座城记住一条街
历史擦肩而过，捧出的心
永不荒芜

双龙井

记得你的历史
也记得你的甘冽幽深
还记得曾与你相邻而居
喷涌着生生不息
把一壶茶泡出道韵纯粹
洗涤着千丝万缕
使一家人过得幸福甜美
润泽着变迁演绎
让一座城彰显活力神奇
啊，一方水土烟火气
化作龙泉一杯

保驾山

看到了“保驾”二字
便知道这山多么有实力
小巧奇趣，嶙峋秀美
若不是天惠恩赐，当年
唐王又何以能顺利解围
飞瀑击碎了万千芳菲
涧水饮醉了满山妩媚
“一线天”的造化
架起天上人间的云梯
“四望亭”的视野
阅尽人间万象的是非
峡谷一声鸟鸣
绝唱了天籁般的回音

一所老校与一座古城

岁月可以
让一座古城断壁残垣
时光可以
让一段记忆如烟如风
奔流不息的蔷薇河
追逐着浪花飞溅的踪影
木香花沉醉的校园
回荡着书香四溢的钟声
还记得至善亭吗
那是师生们的精神图腾
还记得十六棵银杏树吗
那是晨辉里的出操哨兵
还记得练琴房吗
那是汗水中的心灵律动
还记得大礼堂吗
那是舞台上的精彩纷呈
还记得大餐厅吗
那是肉包子的幸福人生
还记得熄灯号吗
那是最甜美的青春梦境
一所老校映照一座古城

悠悠古韵催生了时代文明
走了又来，来了又走
播下桃李满园的种子
扛起教育强国的使命
四海八荒春潮涌动
信念红烛炳照千秋
孔望山下的小城
因一所百年师范而灵动
梦萦魂牵的回望
海师，成了一段不朽的永恒

青龙桥

左青龙，右白虎
成了一块风水宝地的写照
回望一座桥的历史
跨越了多少风雨飘摇
龙潭戏水，虎峰夕照
灵光了百子庵的香火福报
听，黄公御虎传说
觅，神龙入海通道
斑驳的桥面，惊梦
一代代商贾游客的良宵
涧水的奔流，见证
一片片碧树成妆的妖娆
四季的守望，触摸
一次次心灵悸动的心跳
烽火流金的古城小桥
一头陪着时光不老
一头伴着岁月静好

一碗炸酱面

往事记忆的回味
是一种岁月沉淀的情感
每当想起海州古城
总会蒙太奇般回放心间

中学对门的那家面摊
梦萦魂牵，流连忘返
凡要去中大街的电影院
炸酱面一定要来一碗

面，手擀的，有劲道
酱，自家晒的，有辣有咸
调料自己加，汤随便添
一吃一头汗，过了把瘾
也熬过了贫穷寒冷的冬天

古城的曾经越走越远
迎来了沧海桑田的变迁
在难舍的悠悠古韵中
很迷恋，那一碗炸酱面

秦东门城雕

把秦王东巡的传说
雕在一组巨大的石群上
守望2200多年前的辉煌
承载一座古城的底蕴风光

一块斑驳厚重的秦砖
回声着鼓角争鸣的沙场
商鞅变法的国策
成就一统天下的国富民强

黄海激起狂飙巨浪
东海名郡捷足对外开放
八荒商贸富甲一方
天子驾临盛事说来话长

司马史记千古流芳
小城故事四季花香

乡音

时光走远了海陵湖
一口乡音诠释了你的来处
还有那些走不丢的迁徙故事
十万村民扶老携幼
悲壮远行，恋恋不舍
那片库区水下的故土深情

他乡异客的辗转求生
改变了记忆的笑貌音容
烟火，让家族一代代传承
老街坊是凝固了的习俗
携手一路风雨彩虹

一次偶然的聊叙
感怀曾经同为移民一族
心潮起伏，热泪奔涌
杯酒酣畅，唏嘘人生
搬走是村落，留下是梦境

一方水土，一方人生
乡音拉近了东西南北中

桃花灼灼，岁月悠悠
千里之外，寸心执守
万顷碧水淘尽百舸争流
魂牵梦萦难解无边乡愁

一声悦耳亲切的乡音
暖上心头，醉了春秋

二营巷

一座古城走远了
淹没在百年风雨沧桑
曾经的记忆和故事
隐藏于斑驳的古色古香
一砖一瓦一墙
一户一宅一巷
名从何来，清代海防
韵从何出，历史担当
后人不知北伐的“海州王”
“东海特支”又有多少辉煌
岁月匆忙了时光
二营巷化为古城的胎记
催生着四季循环
点亮朝圣者的想象

汉象与秋风

一片一片枯黄，飘落
重复着，孔望山上
季节的凋零和彷徨
亦如汉象足下的沧桑
踏过无人知晓的踪迹迷茫
秋风揉成愁云朵朵
似海水涌起一波又一浪
历史本是一种气象
沿途的风景皆是国殇
孔子望海，始皇巡游
引来小城古韵悠悠浩荡
一山，一庵，一流苏
见证多少风流倜傥
信念化作一根汉象缰绳
牵着日子走向远方

古城牌坊

巍峨耸立于广场
那是一座城的功德标榜
飞檐走兽的图腾
承载芸芸众生祈福吉祥
多少经典雕绘故事
飘逸积善成德余韵芬芳
一个“东海名郡”的坊眼
点亮古街千年烟云风光
牌坊是岁月的驿站
改朝换代的一街八巷
走不到尽头，看不透沧桑
九庵十八庙的氤氲
回声着丝绸之路的铿锵
一条盐河活起来，坊下
流不尽缱绻一世的情殇
一座古城，是一块牌坊

孔望山杯盘刻石

仰望苍穹，目眺沧海
云落霞飞凸显“砚石”书台
遒劲汉隶沧桑万里尘埃
一盘八杯两碑槽，峰巅上
多少兴衰，青山依旧在
几度清风，一缕墨香入心来
浩瀚天宇，曾记否
东海君挥舞巨椽写豪迈
曲成万物，和谐共生大爱
祭祀神祉擘画民生社稷
岁月，走过了山呼海啸
厚重托举了一个逐梦时代
这里，小城故事更精彩

龙洞

孔望丹崖见龙洞
无以考证，香火敬求
来者观景寻风物
思者神游，幻化溟蒙

遥想朐海潺潺逝水
曲抱丛林，一碧万顷
多少文人雅客
登高远眺，一觞一咏

月挂枝头，黄花满楼
醉人妩媚看流苏
一场秋雨，绿肥红瘦
便是飞龙超度

人生匆匆多少梦
龙飞洞空，心路春秋
日子拾级迈步
一朝功成名就笑春风

问官台

走远了春秋岁月
走近了青山绿水喧嚣
若无郯子当年以鸟封邑
何来孔子为官问道
望海万里浩淼，情定何处
探寻安邦治国良药
怀揣吐哺之心，周游列国
头顶日月星辰，秉烛夜读
不耻下问，立心立命之妙
时光风蚀了岩台风貌
一部《论语》诠释为政纲要
千古兴亡多少事，昭昭
江山就是人民
人民就是江山
沧海桑田方显人间正道

将军崖岩画

万年光阴，一朝一夕
演绎了一部“东方天书”传奇
历史是岁月的阶梯
也是文明过客的足迹
假如，没有这满山的图腾
何以想起上古的东夷先民
禾苗、星象、鸟兽云集
留下多少天问，多少迷离
一场勾芒部落的祭祀
启蒙了祖先探索宇宙的智慧
若不是6000年前的风雨
又怎能鼓起跋涉的信心
一颗民族信仰的种子
朝圣着伟大，绽放了四季

海清寺阿育王塔

一千年的风霜雪雨洗礼
每日，鉴照一湖大圣水
从不敢怠慢，清澈反观自己
在湖光山色之中，辉耀着
阿育王法身舍利的正法精髓
一座九级八角的浮屠
只为坚守从善成佛的决心

选择一定有选择的理由
追问84000座塔的前世今生
顿悟“根深蒂固”的鼎盛
一座塔不会孤独，远处有
“敲梆开斋，骑马关山门”的回音
斑驳的裂痕，何尝不是
改朝换代普度涅槃的心迹

抬头是春秋，回首是梁陈
一座塔浓缩成了一部历史
为现实去摆渡，为因果求
生死轮回湮没于楼台烟雨

从此站成了宇宙时空的秒针
云去云来，花开花落
所有来世都交给佛去打理

焰火秀

除夕的焰火
绽放了五光十色的夜空
月牙岛的璀璨世界
等来了久违的节日欢腾
光柱喷泉，摇曳生姿
火树银花，姹紫嫣红
神龙飞天，傲视苍穹
流星弹雨，霞蔚云蒸
烟花，宣泄了一座古城
爆竹，炸碎了岁月峥嵘
年味是品不尽的乡愁
一场焰火秀，一个不夜天
宁愿为浪漫缤纷忘情
也不能失去经典的传承

古城书香醉春风

——献给第28个“世界读书日”

大海写来一封情书
倾诉对亿年海浸石的忠诚
缠绵山海相依的日子
化作浪花淘尽的永恒

千年守望不老的瀛洲
是谁推开桃花灼灼的门户
墨香石径马踏回声
失神于东海第一胜境

西天取经尽显神通
演绎一路除恶斗险的豪情
玄奘师徒不辱使命
拔节了满山的金镶玉竹

孔子观海以谋兴盛
保驾山化险为夷功在千秋
泉温夜月一帘幽梦
飞架欧亚陆桥绚丽彩虹

在海一方诗话峥嵘
奇峰圣水氤氲了烟雨朦胧
春风十里万千柔情
一缕书香读懂一座古城

销魂，因为惹怒了一条街的花香

不敢走进连云港的二道街
因为，芬芳会让你失神走不出来
一条街似一座山的腰带
标配了“面朝大海，春暖花开”
是谁感动了痴情的花神
让沉醉丰润了孤寂荒凉的苍白
争奇斗艳了家家户户
幸福的日子每个脚印落满花瓣
卖花的人不是为了卖花
而是为守护这份时光的可爱
栀子花插上头，别在胸口
撞痛了青春，妩媚了人生百态
山路曲折，蜿蜒了岁月苦楚
小溪奔流，亮开了命运歌喉
变迁是远行，回味是情书
小心触碰这烂漫的季节，因为
惹怒了一条街的花香

鱼市巷

那条消失的前河，带走了
一个世纪渔人码头的繁荣兴旺
头枕大海，目接渔火
一条街承载多少赶海人的梦想
清末的盐田滩头，一座古镇
40米宽的小街，曲曲折折的走向
这里的人们活得神采飞扬
“吃头水”，吃出一个讲究排场
因为靠山吃山，靠海吃海
一块块斑驳的石板，摆放过
多少梭子蟹，沙光鱼，黄鲫鱼，还有
对虾，狗腿，黄蜂，以及海螺
一次又一次海风吹过
海鲜走进四面，引来八方
记忆装饰了一座城的风景
一条小巷里只剩下故事
尽管已面目全非，那份流连
把一段历史刻在老人的额上
任凭游人来来往往欣赏

古城听潮

（一）

云台山高了，潮声变小了
船帆走丢了视线，回望
沧桑的来路，那只石化的海鸥
还在苍穹中蹁跹。孔子观海
早已预料到未来今天。一路向东
成就了这一带一路的交会点
赶海人的心事茂盛了港城春天
小城的故事续写着神话新篇

（二）

一条拦海大堤，一座跨海大桥
见证了愚公与精卫的千古箴言
连岛不再孤单，在海一方安澜
桥头堡贯通了欧亚，世界彼此相连
浪遏飞舟的苏马湾，梦回春天
老人与海立起孤勇者前行的标杆
玉女峰巅的海浸石，梦呓着

惊涛拍岸，卷起千堆雪的画卷

（三）

大海洗涤过的城，风韵犹存
很多沉淀是风浪带不走的尘缘
于是，凸显海古神幽奇的特点
《西游记》鉴照世间万象
《镜花缘》勾勒绚丽斑斓
一棵金镶玉竹熬过亿年的春寒
斑驳的鱼市巷小径，追忆着
渔人码头昔日的热闹非凡

（四）

大海走远了，涛声还在
挖开历史的沙砾，岁月依然鲜活
人们总是前赴后继地赶海打捞
品着同样美味的海鲜，伴着
海州鼓楼晨钟暮鼓的悠悠和鸣
蜕变了一个又一个时代
面对镜中苍苍白发，惊悸
这不舍昼夜的春暖花开

双龙井，一首柔软的唐诗宋词

凡有井水处，皆有柳永词
双龙井的水甘甜清纯
留下城中人心中最幸福的回味
云台山麓化作古城的母亲
喷涌出哺育世代儿孙的乳汁
从古至今，源源不息
叮咚的旋律，唤醒每一个
欢声笑语的清晨，美丽了
一群群浣纱的女人，如梦如鉴
倒映着灵动明眸和芬芳春心
井沿凭栏，多少历史烟云
小桥流水，亦有驿路马蹄疾驰
曼妙情思，妩媚了山下灼灼桃林
白虎山传奇，二营巷兵事
浸润了一座城的沧桑底蕴
又缠绵悱恻了朝花夕拾
一井一丰碑，传颂神龙的功勋
月挂星汉，停步静心
慢煮一壶云蒸霞蔚，动情处
胜读，一首柔软的唐诗宋词

连云老街

几千年的伫立遥望
聆听着黄海的潮来潮往
足下的每一块石头
被匆忙的日子磨得锃亮
把斑驳化作阵阵咸味沧桑
尽享大山般父爱的时光，为之
洒满一条路的花香
墙上那根爬山枯藤，攀缘
庙岭山的此消彼长
亚欧大陆桥头的锚，静静
守候着中欧班列的繁忙
一带一路的故事，讲述着
老街日新月异的新装
远航的船员，返城的知青，树下
菊花插满头的姑娘，还有
那座荒芜的绿色营房。魂系
走远的记忆，无惧
足下的人生走向，因为
有爱的地方就有情感导航

东盐河的风韵

一枝柳条划开的湖面
可以瞬间把蓝天包裹进去
晨风吹散多少心事
让沧桑在水中洗涤一新
日子挤满河床的栈道，见证
从古至今的川流不息
一把钓钩，一抹艳阳
勾画烂漫季节闲情逸致
三五成群的少女，追逐嬉戏
不小心泄露了青春的秘密
风筝牵着白云，陪着
耄耋老人咀嚼岁月的意义

园博园

——写在省园博会在连云港开幕之时

千年古城，不老山水
养黄海之气，聚峻岭之风
遥听丝路驿站的马蹄回声
追思玄奘西游的妖魔神灵
一句路在足下，穿越了
风韵满园的绿野仙踪
来一次寻梦，做一次探幽
可以醉品山海，可以情牵丝路
可以漫步田园的花香鸟鸣
东夷朝圣，羲和浴日，道不尽
镜花缘的奇，桃花源的情
彰显沧海桑田的浪漫意境
一城一景，幻化了独具千秋
的主题象征，点点星光
照亮守望老人不解的寂寞心灵
记忆的海水、盐卤和盐田
成了云栖霞蔚，花海寻仙的城
那棵玉兰花灵动了古今交融
港城人呵护信心像呵护眼睛
一场盛会成了起点，让远处
升起一道永不飘落的虹

斜塘老街

一帘廊亭幽梦
穿越几百年的曲折蜿蜒
水墨江南的古镇，飘逸着
柔情似水的历史云烟
因河成市，枕河而居
习惯了粉墙黛瓦，一缕悠闲
沉醉十里斜塘的渔舟唱晚
西眺揽月桥下的金水湾
走不出浓妆淡抹的古韵
看不透高大新洋的巨变
一杯芬芳咖啡，可以化繁为简
几尾游弋锦鲤，尽享雅趣安闲
记忆是心灵的常青藤
缠绕于静谧与喧哗之间
在大红的古典灯笼下听雨
未曾巧遇秋波般的妩媚

古城庙会

四月八，加持了白虎山
又用三百年悠悠的烟火气
浸润了一座古城

关于庙会，也许
碧霞寺的佛最能说得清楚
那不是“浴佛节”的本意

怀古，穿越了历史河流
摩肩接踵，寻觅一份
记忆的梦，一缕时尚的风

四面八方的朝圣，唤醒
二元巷的沉寂，晨钟暮鼓了
一方水土一方情

大圣石

那块猴石
已成了千年守望
是来自远古
还是生于洪荒
已无法用记忆衡量
无数次的仰望
无数个遥远的想象
沐浴了多少风雨
历经了多少沧桑
不改淡定的神情
穿越的目光
张骞凿通西域
书写丝绸之路荣光
大圣西天取经
赋予沧海桑田力量
寂寞不朽地陪伴
与日月共长

站台

那个潮湿的站台
勾起了曾经走过的时代
真不敢去猜测
人生有多少巧合和意外
一次次从这里出发
又一次次从远方归来
为憧憬徘徊，也为失落感怀
为现实奔忙，也为梦想开采
心是没有尽头的轨道
穿越了时光的雾霾
雨夜，撑起了灵魂的华盖
让岁月变得可爱

平遥古城

又一次爬上古城墙
那缕夕阳穿越了历史的沧桑
遥望东西大道上的景象
才知道“买东西”是源于晋商
老字号的门牌，开关着
多少兴衰存亡。满街的面香
开凿出千百条口水的河
当下，不仅靠你敏锐的嗅觉
也需要一对善听故事的耳朵
日昇昌、乔家大院、古县衙……
一百次的回望，一千次的想象
迎着悠悠古韵今风
才知道，又见的爱
竟是一首亘古不变的绝唱

第二辑

悟道人生

把故事深埋在泥土里
让它长出人间的动人曲折
风是加长的耳朵
一棵秧苗，一位谷神
沧桑着四季
追赶着日月

——摘自《传说》

空难

两分钟，
8000米！
多少心事钻入地底，
化作132个凝固的记忆。

期盼的眼睛，瞬间
变成一生喷涌的泉水，
流逝不尽的伤痛和懊悔。

生命的天空啊
从此，多了
一架永不归航的飞机。

经典

一棵沧桑的古树
矗立于广袤无垠的远处
可以熟视无睹
也可以钟情无度，或许
年轮能讲清曾经的故事
当被寻访朝拜时
你总会用不朽来超度
岁月无痕，于是
落叶成了永生的见证

口罩

当你奋不顾身
为别人遮菌防尘时
这世界便剩下两只眼睛
对视或思考：
是你改变了世界
还是世界成就了你

厚道

有人说，你像一支笛子
成就于一根翠竹
却能演奏出悠扬的乐曲

也有人说，
你像微风里的涟漪
平静而不惹人注意
蓦然回首
又是那么让人心旷神怡

你把感恩种给了四季
总是把低调与谦让
挂在包容的天空上
让人们仰望，反思

泪滴，最小的海

那滴眼泪
伴着情感的飓风走来
沿途照亮了无数星辰
呼唤着万千澎湃
心灵的原野
播种了多少相亲相爱
一旦撒手了人寰
灵魂的期许就没有未来
思念化作双楫
任凭多么浪高风急
岸，永远在视线里
走不出的
是那片最小的海

怀旧

像一片落叶
飘进往日的情感季节
于是，演绎了风雨交错
人性总是那么脆弱
一点善意就会受宠若惊
一点厄运就会痛不欲生
怀旧，是一面镜子
回光了岁月
也反刍了生活
成长,需要不停地奔跑
也需要记忆沉淀的润泽

忘却

985毕业和送外卖
或许，不在一个频道
但现实很需要，因为
名校文凭不等于面包
虚伪的自尊是一剂毒药
活着才是王道
不做自我膨胀的“躺平”
落魄了人生
荒芜了跑道
生活啊，有时
忘却，沿途的风景才好

尊重

一种虔诚，一种仰望
焕发出内心膜拜的力量
岁月冲刷的生命河床
让星空见证人格的气象
一串串的足迹
浸润了德高为范的芬芳
把信任刻在远方
灵魂如何安放？那是
至真至善的一种修养
无论何时何地
口碑高高举起在心空上

当下

不要总说以后
岁月是你行走的每一个脚步
那些携手前行的日子
封存了记忆时光的温度，或许
幸福是没有错过那件衣服
感动是你善意谎言的背后
成功是初心不改的坚守
有多少历史的背影，就有
多少现实的感动，裁剪一处
最美的风景，配上最佳的心情
为今日留下明日的守候
做一次无悔的远行
当下，是最精彩的春秋

释怀

很多牵挂像块磐石
悬挂在忐忑不安的心上
日子是生活的彗星
每道轨迹都是一束光亮
点燃负重前行的希望
无论崎岖坎坷，还是顺风顺水
扛起信念上路
缕缕炊烟都弥漫着饭香
夜不能寐地叩问沧桑
灵魂该怎样去安放
目送一泻千里的江河
最幸福的人生，莫过于
独钓蓑笠翁的船头守望
抓一把夜露晨曦
最终释怀于满天星光

熬

像一盏油灯
用它微弱的光芒
继晷孤寂无眠的期望
四季无悔的坚守
化作一个燃烧的蒸炉
把每个日子烘烤得铮亮
成功是一场血雨腥风
汗水来浇铸幸福的模样
这人世间啊
只有一现的昙花，没有
不傲雪凌霜的梅香

母亲的味道

母亲的味道
那是回家的路标
母亲的味道
那是童年的歌谣
因为，在感恩的泪珠上
闪亮着你的微笑
故乡，那缕炊烟
一直在梦境里飘啊飘

纯粹

可以说，是悦耳的鸟鸣
唤醒的春夏
可以说，是徐徐的清风
追逐的浪花
有时像一块玉，洁白无瑕
有时像一片云，飘逸天涯
还有时，像雨后小草发芽
忠诚是对信仰的执着
没有一丝杂念的热爱
无论走了多久
永不会偏离航向
心空都是一片绚丽的彩霞

血脉

我知道那是母子连心
我知道那是根断叶知
无须去解释
那是生物解剖一个基因
那是心灵感应一种遥寄
天涯海角，千山万水
改变的是容貌乡音
改变不了的是炎黄根基
苍茫大地，生生不息
缔造了五千年文明
哺育了一代代华夏子孙
何处来寻证自己
把手放到心房上吧
一次次脉冲都是最好的回音

视线

飞越长河五千年
一览世间兴衰沉浮变迁
岁月铸成了风霜刀剑
骠骑天下迢迢星汉

泰山独享封禅大典
长江黄河托举民族摇篮
从周口店到大漠边关
燧石点亮文明起源

乡愁是一缕故乡炊烟
情暖了彩云蓝天
村口凝固了遥望的期盼
思念化作一双双泪眼

神舟飞越九重天
5G 弄潮宇宙科技狂澜
多少古今圣贤事
笑语花开花落弹指间

守夜

每盏路灯像哭肿的眼睛
穿越着飞逝的时空
赶路的人们步履匆匆
荒芜了无边天际的星星
哪来的夜深人静
海面吹来又苦又涩的风
万家灯火的窗口，演绎
多少悲欢离合的剧情
一张信笺，从夏写到冬
一杯浊酒，品不尽人生
远处，三元宫里的钟声
敲碎了满山的氤氲
恬淡了寂寞心灵
也唤醒了祈祷千年的梦

一个人的朝圣

走上一条比记忆还长的路
星光追逐着孤独
把它们埋在冷峻的雪山下
祈祷天地人的神灵
为了取到信念的真经
你自制了袈裟、禅杖和木鱼
坐上责任的守护方舟
然后，义无反顾地出行
一个人的朝圣
要去做从没做过的事
何必烦恼日子的重复
因为，不停地行走
就是一生最好的自我救赎

一切就是个开始

作别星群，拥抱旭日
生活是奔跑的四季
曾经的荣耀属于历史
沧桑的伤痛从内心隐匿
坦然走出不堪的记忆
勇敢地把坎迈过去
记住，一切就是个开始

潮平岸阔，云蒸霞蔚
拼搏是崛起的希冀
青春的价值根植努力
人生的意义靠奋斗寻觅
无畏扛起使命的阶梯
自信地让梦去放飞
记住，一切就是个开始

耕耘每个晨曦
汗水洒落一串串足迹
谁不欣赏孤勇者的魅力
何惧风霜雪雨
夜幕下的坎坷崎岖
记住，一切就是个开始

一座城的朝圣

沐浴着不老的阳光
一座小城走过了几亿年
若不是大海谦让
视线走不出点点远帆

历史是一条航船
载来多少岁月的过客
为时代立传
于是，山海便有了魂魄

既已奔向你来
何必在乎对方的容颜
爱，只需一个理由
气象靠底蕴梳妆打扮

“海古神幽奇”的朝圣
蕴育了沧海桑田的经典
一条神路，一座金桥
写下大话西游新篇

在海一方蓝天

飘逸着夸父逐日云烟
那些赶海的人们
吟唱着精卫填海的歌

带光的勇气

危在旦夕
接住楼上跌落的孩子
你被刷爆了抖音

100米冲刺、双臂举起
又快、又准、又稳
救下，一条幼小生命
一个家庭希望得以延续

平凡人，平常事
有时，不经意的善举
闪耀了人性光辉
迸发出带光的勇气

一念动乾坤，瞬间
一颗心温暖了人间四季

晒

冬阳刺得大地苍白
故乡老屋墙根
蹲着一排似曾相识的老人
一茬接一茬，时光
化成记忆的一种非遗

冷风吹透每个人的心思
静默少语，雁群
把往事带进前方海陵湖里
揣摩明天，咀嚼昨日
温暖，停泊了的自己

岁月是一台命运摄像机：
一边记录生老病死
一边追踪前赴后继

走在河与岸上的中年

飞逝而立之年
我把人生分成两条直线
一条在河里行船
一条在岸上拉纤

在河里打捞日子的琐碎
躲闪命运的激流险滩
在岸上跋涉行进的负重
品味成败的苦涩甘甜

既然是收获的季节
何必为飘落的枫叶伤感
那洒脱的垂柳
悄悄读懂不惑的秋天

隔岸彼此相望
风中飘舞高悬的帆

善的力量

人活一世，修行远方
让敬畏把黑夜照亮
唯有自省的戒律
方能驾驭凡俗邪恶的风浪
高尚是灵魂美丽的歌唱

背负人性的道德行囊
寻觅上善若水的力量
面对变态的猖狂
因果一一报应
不会超度那些魑魅魍魉

执仗仁义之剑上场
悲悯的征程已是惨淡凄凉
谁敢去拉起倒地的老人
谁能为血性慨当以慷
人间正道续写时代国殇

无论祈祷钟声多么悲壮
大风起兮云飞扬

只要心中向善
月亮也会伴着梦境翱翔
足下，一片爱的霞光

与孤独和解

黑夜是寂寞的情人
惆怅恰似含黛青山雾色
可以与乌云对弈
亦可以与星光说话

心境是辽阔的原野
恣意放马过来，纵横无疆
不必纠缠专一的马桩
扼杀了独处的奔放

对影成三人的月下
陶醉了一江春水如画
怎奈万事自有归处
枉愁了伊人痴心葬花

成长，为不惑买单

这条路很远，也不平坦
足下几十年，深深浅浅
有风雨有阳光的日子
耕种着希望，祈祷着明天
何必去杞人忧天
活着，没有约定的答案
为谁而活，活成啥样子
一人一张命运考卷
金色少年，因梦寻缘
奋斗青年，壮志蹁跹
担当中年，走在刀尖火山
一切福报为努力代言
一路成长为不惑买单

爱，是一棵不老树

爱的清凉
永远留在人生的夏季
爱的温暖
时刻守在命运的冬天
她，有时像甘泉
悄无声息润泽心间
她，有时像高山
栉风沐雨撑起伟岸
走了再远，仍眷恋
那缕缕伴着饭香的炊烟
天涯海角，未忘却
那校园忘情嬉戏的瞬间
世事维艰，最感怀
那患难与共无私的奉献
爱，像一棵树
生长于岁月荒原的河畔
装扮着四季
妩媚了人间

带伤的高光

曼妙轻盈幽冥
当为《天鹅湖》舞蹈陶醉时
时常就会想起
那变形的脚，带血的鞋

自豪幸福骄傲
当父母把孩子送到大学时
时常就会想起
那满手的茧，微驼的背

大火浓烟水龙
当消防扑灭一场火灾时
时常就会想起
那伤别的泪，肃穆的碑

无畏奉献恪守
当新冠病毒被有效管控时
时常就会想起
那社区的苦，大白的累

每一个光鲜的背后

都是无数汗水的堆积
那些累累的伤痕
不是苍凉，而是
一枚勋章，或一段高光

撒网

看网撒开的时候
心中便网住一段岁月
还有故乡逮鱼摸虾的场景
而现实手中的网绳
只剩下
写在纸上的籍贯

底气

在穷尽一切努力之后
过程依然疲惫不堪
这时不做妥协的放下
而是选择回家
一窗温馨的灯光
还有阳台晾晒的衣衫鞋袜
那是最美的牵挂
妻儿开门迎接的惊喜
绽放风轻云淡的心花
千山万水的追寻
底气是有了一个好家

逆袭

谁不渴望风调雨顺
谁又能躲过时运危机
每个日子都是一次出征
用自信照亮四季
迎着霞光，冒着风雨
永葆“赶考”的行姿
做一名孤勇者
即便搏杀得一败涂地
只要永不言弃
总有王者归来的逆袭

平淡，是一首回归的歌

春天的茂盛
挡不住夏日的酷热
秋天的丰硕
挡不住冬日的凛冽
如诗所言：
“倘若，爱是一树繁花
繁花落尽即是成全”
人生四季，花开花落
匆匆的留白
在绽放和萧瑟之间走过
平淡，是一首回归的歌

虚伪

给纯粹上了枷锁
以牺牲真实与率真为代价
从熟悉到陌生
让自己逐步失去了本色
养上一只猫或狗
与它们无话不聊，用上新语种
不时拿起笔来写诗
于是，留下了言不由衷
一种雾里看花的懵懂
一种走近了伤人
走远了冷漠的萧瑟

低吟浅唱是江山

从小崇拜京剧里的“角”
个个身怀绝技，智勇双全
他们一杆枪，一条马鞭
舞台上转几圈，就凯旋了
那场《霸王别姬》
乌江之畔，青山绿水
一男一女互诉衷肠
未见千军万马厮杀
唯有生旦净末丑粉墨登场
不见血腥，但见江山

皱纹

当你出现的时候
便有了风雨沧桑的感觉
如微风荡漾的细波
走进人生的峡谷深壑
一张命运的简图
浓缩了一路崎岖坎坷
刀砍斧劈的岁月
沉淀了多少浪漫无邪
激扬了多少纵横捭阖
酸甜苦辣的日子，不经意
从鱼尾纹上悄悄爬过
相伴洞察人世蹉跎
额头上，重叠了
那些陡峭的山起伏的坡
法令纹的冷峻
不是去怀疑生活，而是
承载了风雨兼程的执着

爱，是一种陪伴

——电影《隐入尘烟》观感

两人的相聚是苦难
两人的结合又缘于卑微
在别人眼里
是田野上两朵弱小苦命的奇葩
在对方眼中
是长在一个麦穗上的两颗麦粒
在彼此手臂上
他们会用麦粒印出爱的谷子花
在自己的世界里
是心怀浪漫，态度坚定地活下
在这人世间
只剩下嘲讽和冷漠
最忠诚的朋友是一头毛驴
彼此保持敬重与不舍
因为，有了希望和牵挂
平淡日子也过得有声有色
种地、盖房、养猪、献血
还买了衣服、搭了燕窝
心甘情愿承受命运的坎坷
当一个人走了

另一个人的世界就坍塌了
现实耗尽了汗水和心力
不想再做无谓的挣扎
何况，命运有了相濡以沫

恩赐的意外

我从一座北方古城经过
等待满树如雪木香花的芬芳
小巷传来高跟鞋踩踏石板的声响
那是梦中伊人的国色天香
没有粉黛江南的精巧
却有佳期丽人的向往
秋风不至，十月披上季节盛装
你的心似情窦初开的窗扉
彷徨而又羞涩地瞭望
这秦的昌盛，那儒的国殇
小城的过客络绎不绝
我用背影去把你的灵魂安放
这里没有主人
只有不老的守望时光

用爱画一个最美的你

雁阵人字南飞
我站在山顶眺望你的归期
呢喃声声回音
牵挂愁云十万里

一江春水东去
苦恋的帆不畏疾风暴雨
翻腾的浪花
那是我最热烈的表白

枫叶弄舞清影
月下遥寄宫阙他朝相随
那满地的飘零
化作一支多彩的画笔

等待夏季来临
在海滩上
用爱画出一个最美的你

回家

——观电影《万里归途》有感

战火纷飞的归途
那是绝望中的一种幸福
异国他乡的信仰
那是最温暖的一条心路
如果说血脉钟情于一个民族
那一定是中国
回家味道真好
因为——
这块土地上有最深情的温度

传说

把故事深埋在泥土里
让它长出人间的动人曲折
风是加长的耳朵
一棵秧苗，一位谷神
沧桑着四季
追赶着日月

爱的风景

爱是一种追随
为了你，跋涉千山万水
没有懈怠，也无懊悔
爱是一种浪漫
为了你，情暖人生四季
迎来霞光，送走星辉
爱是一种责任
为了你，无畏起早贪黑
共沐风雨，一起喜悲
爱是一种心力
为了你，执守只争朝夕
相思万里，眷恋咫尺
爱的风景是什么
那是绽放在灵魂里的花蕊

在歌声里倾听自己

唱起了一首歌
我们就听到青春芳华
我们就听到岁月缤纷
我们就听到奋斗步履
也听到了悠长的时代回音

时光匆匆流逝
歌声是融入血液的基因
一路风雨伴随
温暖着心灵孤寂
也收获了深情的难舍难分

歌声是不老的记忆
时常回荡在梦境里
那么刻骨铭心
每当唱起了一首老歌
我们又回到了年轻的日子

抉择

没有不坎坷的路
没有不湍急的河
生活是一首酸甜苦辣的歌
失败的历史沉淀岁月
成功的未来破茧成蝶
仰望，能顿悟自然的卓越
静思，能从容命运的干戈
让每个日子都起舞
用汗水辉耀奋斗的跋涉
让每个记忆都飞翔
用青春装扮负重的夜色
赶早的人，何惧蹉跎
担当的人，纵横捭阖
读透一本沧桑的书
追逐一个执着的梦
成就一个辽阔的自我抉择

烟火，超度着远行的日子

一次又一次不小心
走进缘分的游戏
相守的日子都是回忆
夜空，那幕烟火映在心里
那些柴米油盐的故事
那些酸甜苦辣的交集
化作无穷无尽的追思
不要触痛尘封的心
叩问是放弃还是不放弃
让选择变得不能自已
放手的时候无泪
有泪的时候懊悔
忘不了，却难以再回去
远行了，才懂爱的秘密
恋人的眼里有条河
烟火，超度着远行的日子

中年少女

即便忙于赶路
也未曾忘记修饰自己形象
始终把信仰种在每个日子里
拥抱一天一个太阳
捧送一天一个月亮
沉淀的时光是气质芳香
蓬勃的青春会纯真欢畅
不委屈自己，不媚俗于他人
一脸云卷云舒的淡定从容
一种匍匐烟火的自由倔强
看过那么多的人生风景
熬过那么多的风雨雪霜
特别骄傲地站在这个年纪上
优雅寓高贵之中，
自信与知性伴行
让自己活得清醒通透
啊，这样美丽地行走
像一首歌在美丽的时空悠扬

我愿

我愿是良辰美景
只为四季平安的人生相伴
我愿是彩霞满天
洒向海洋一片波光潋滟
我愿是远行的船帆
把梦想留给无际的海岸线
我愿是高山的峰巅
一览壮丽河山的天下奇观
牵手时光，敬畏平凡

希望我是一滴晨露
用晶莹剔透照亮每一天
希望我是一首歌
用旋律在灵魂深处发现
希望我是一部经典
在你困惑的时候，打开尘封
寻觅前缘，汲取力量
开掘出生命之树的源泉

如果我是春风
我会为你送来明媚的春天

如果我是明月
我会安澜潮起潮落的圆满
如果我是灯塔
我会让黑夜渔火不再无眠
如果啊如果
我的祈祷未能如愿
那么，明天依然使命在肩
铿锵的脚步就是答案

风物

岁月远去了紫陌红尘
掠过了晨雾晚霞
把风霜雪雨刻进沧桑面颊
不停地行走于世
用心读懂这秋冬春夏
成长了不代表成熟
认同了不等于放下
人生，可以是大开大合
也可以是平淡无色
赋能每人一副肩膀
去扛起多舛命运的行囊
如浩瀚无际的苍穹
装饰了忽明忽暗的星光

真实

未被累得体无完肤
不解乡村田园的好奇浪漫
未曾弄潮狂飙巨澜
不知浩瀚海水的苦涩甘甜
未去攀登跋涉体验
不解挑战极限的崎岖艰难
生活的每一步都是努力
成功的每一次都是血汗
日子，就是柴米油盐
梦想，穿越奋斗驿站
学会脚踏实地
勇敢走进风霜雪雨
岁月风景是守护好每一天

反刍

把过往反复咀嚼
追逐记忆，也感悟深刻
反刍历史，俯仰日月
瞭望时代演绎的波澜壮阔
反刍人生，品味舍得
洞察命运起伏的喜怒哀乐
反刍事业，慨当以歌
书写梦想追求的纵横捭阖
反刍生活，照亮你我
飞度浩瀚璀璨的迢迢银河
一个故事就是一个星座
只有不老的时光
没有不青春的传说

遥望

小的时候，我在遥望
快乐长大，放飞梦想
拥有——
让自己成为父母骄傲的力量

成家以后，我在遥望
幸福安康，忠孝担当
昂起——
让拼搏成就绚丽未来的自强

事业路上，我在遥望
浩瀚星光，心中信仰
闪耀——
让奋斗创造成功人生的辉煌

夜深人静，我在遥望
往昔来路，牵手远方
踏响——
让日子回荡坚实步履的铿锵

就这样不停地遥望

浸润沧桑，播种芬芳
绽放——
让四季写满大爱无疆的霞光

借口

在月明星稀的夜晚
独自彷徨在冷峻的山巅
因为一种莫名的惆怅
我会给自己壮胆呐喊

在时光匆匆的尽头
伤别是一堆未了的心愿
那些不该缺失的努力
写下光阴无悔的遗憾

在挥手作别的面前
爱情背弃了铮铮的诺言
当情感走向了枯井
一切缘分就会烟消云散

生在一个清零时代
日子成了一叶远航的帆
给自己找一个借口
不为什么，只为错过的昨天

命运

那是一个人的风水
沿途的风景看不清楚
改变从没有定数
结论在生命终结后给出

认知需要给出一个理由
偶然诞生，必然征途
一张白纸来作画
从不预判定义谁胜谁输

选择的规则最公平
一切取决于态度
无论风景带你去何处
你都能以主人身份登陆

轮回

一座浮屠，一种口碑
承载了多少风雨烟尘
人们习惯于逆向寻根
历史却义无反顾向前延伸
佛光照亮了摩崖法敕
舍利福佑了血污游魂
无忧王的奉安悲悯
走不出因果报应的轮回
俊宇修廓冲霄汉
青山环拱圣湖水
一缕清风拂绿满山碧翠
万道彩霞放飞空蒙传奇
雁去雁又归，筑起了
震旦根深蒂固的功勋
穿越了烟雨楼台的洗礼
一次举目仰望
一次国殇崛起的回归

布道者

用思想的镐头开疆拓土
埋下信仰的种子，茂盛了
心灵的一方天宇
在时间河流中演绎四季
在风霜雪雨中顿悟真谛
行走是最有力的佐证
启蒙绽放了自由的花蕊
发现靠勇气，还要靠良知
记住，每一次承诺的时候
那根举起的食指下，会有
千古不朽的定论

断章

一张行程票，找回了
人生旅途奔波的碌碌繁忙
一张毕业照，走进了
起早贪黑苦读的校园时光
一份取药方，忆起了
寻医问诊老人的求生奢望
缕缕白发，映照四季风霜
条条额皱，刻下岁月沧桑
窗外雨打芭蕉，惊梦异国他乡
昨夜酒酣意畅，回望眼
早已蹉跎肩上，一步一铿锵
无悔，夯实每个日子的基桩
晨露，追赶拽不住的朝阳
断章南来北往，是否
你还记得我曾经的模样

陨落

一颗巨星终于走累了
飞落于浩瀚无际的银河
世间，只剩下敬仰和泪光
还有那满山追思的花朵

默哀的漫漫长夜
大海潮汐着悲伤的呜咽
那些披星戴月的日子
扛起了多少豪迈和执着

因为富国强民的牵挂
每一寸土地都浸染了热血
丹心化碧的征途上
世界瞩目一个崛起的中国

花开花又落，霞光里
一个伟大的老人远行了
在人民的心中
高高筑起不朽丰碑一座

救赎

从后怕的梦中醒来
久久不能平静，真不敢想象
白天风平浪静，梦里险象丛生
一次次走向深渊，一次次死里逃生
这时，很庆幸梦醒归来
躲过了再向下走的严重
记得弗洛伊德曾说过：
梦，是深层意识的折射反映
生活的千滋百味，有时
一缕阳光，就是一次救赎

梯子

谎言者心中有把梯子
一次次把自己送到云端
以为能看见高山、大海、云雾和日出
甚至还能看到彩虹，忘情于
自己编织的世界里
站上去，屡试不爽。黑夜不来
太阳不走，处处是自恋的目光
一把梯子丈量了一个人生，从此
生活消失在诚信的地平线上

圈子

鱼以群游，雁以阵飞
造物主撒下物以类分的种子
于是，大自然相宜而生

人，另一个物种
拥有自己的灵性，有时
眼睛看不懂，貌似情投意合
你却不在他的视野

赶场

一个噩耗，两条人命
从一个酒场赶到另一个酒场
让一个愿望背负另一个愿望
日出日落，月圆月缺
匆匆来，又匆匆去，天地间
一个“忙”字了得

故乡的炊烟把记忆拉得很长
村口的老树，记得你的模样
别人家的孩子，全村人的故事
留下许多的假设和传说
骤然，作别了最美的景色

人生的路有短，也有长
要么，熙熙攘攘追逐名利
要么，起早贪黑一日三餐
这世界真的难懂啊
或许，赶场就是生活的全部

梦的可能

很惧怕黑夜，担心会踩空
黎明给了我无尽的视野
还有，缕缕清风，花香鸟鸣
年龄越大，梦境越恐怖
那些纠结的事，不想见的人
时常编织在同一个场景
包括恩人、亲人、熟人，甚至仇人
多少历历在目，纠缠不清
悸动，惊出一身冷汗
故事的巢穴里长满荆棘
谁来造访，都会流血，疼痛
这种感觉伴随了一生

善良啊，有多远

老人突然跌倒，永别世间
留下了绵绵的眷恋
幼儿阳台跌落，恰巧接住
留给家人一个春天
险境的施救，危难的抢险
有时需要一只手，一声呐喊
有时需要一臂力，一块砖
人生，多少不可预测的突然
或淹没于平凡，或辉煌于起点
不是有意而为的炒作
不是争名逐利的表演
那是一趟滴水穿石的修行
那是一念积善成德的因缘
在心与心之间，真不知道
善良啊，有多远

幸福的意外

生活的惊喜
就像那栅栏挡不住的桃花
奇迹般延伸出来
他乡遇故知的巧合
也是一种突发的快乐境界
一场深夜飞降的瑞雪
惊现一个银装素裹的世界
不要厌倦平淡的日子
有春风的地方就会有爱
用心耕种梦想的土地
有了多少付出
就有了多少期待
有了多少守望
就有了多少幸福的意外

泪

你是我眼中的泪滴
未来，不论我如何伤悲
我都把你紧紧锁在眼内
阅尽人间万象
历经千山万水
坚固的泪腺始终不可摧毁
因为有你
我再也不会去哭泣
因为有爱
让我一生无怨无悔

追逐

因为坚信有一种可能
便不舍弃这一把热情
在欲壑难平的大海，扬帆
自己便成了命运的航程
有成功的惠风
就有失败的骤雨，或许
远方的岸才是最美的风景
名利是心的暗礁
追逐模糊了人类的眼睛
快造一艘诺亚方舟
捧出明月，送来清风

仰望

一棵树成了风景
缘于挺立在悬崖的缝隙中
一朵花夺人眼球
缘于绽放在干涸的沙漠中
只要一息尚存
就能让奇迹发生
别总是感觉命运不公
所有仰望的背后
皆是绝处逢生

远见

即便站在峰巅
也难看到大海的彼岸
心是最遥远的帆
风告诉你能走多远
舀上一勺海水
世界照亮星光灿烂
喊出一声回响
时光穿越万壑群山
当下的见证
难铸尘封千载的恒言
距离不等于长短
历史是无数个昨天
蜗居的日子
一样升腾起大漠孤烟
生活的风景啊
尽收真谛发现的慧眼

不会贱卖一缕阳光

用起早贪黑的针线
去缝补岁月的衣衫
让生活的装扮更加灿烂
一朵云，一个梦想
心是风雨无阻的罗盘
每一个刻度都是生命的起点
昨天，扬起信念的帆
今天，启航意志的船
不问如何青春演义
纵观激荡历史云烟
独立峰巅，向着未来呐喊
无论步履怎样沉重
也不会贱卖一缕阳光的价钱

长成梦想中的模样

有梦的地方
总会撒上希望的种子
然后用四季的穿越
蕴藉一种绽放的力量

彷徨不是懦弱
而是心中有了渴望
如同一棵树
从小设计了自己的模样

捧着一颗初心赶路
栉风沐雨地成长
一半来享受阳光
另一半去做事业栋梁

只奢求一朵花开的时间

多少辉煌灿烂
萌生于历史长河里的昨天
没有厚重的积淀
亦无独享的条件
抉择，只为一个信念
从平凡走至非凡
似一朵深夜绽放的玫瑰
不求生辉耀眼
却静悄悄把芬芳世界弥漫
人生啊，或长或短
真实的意义
只奢求一朵花开的时间

节奏

带着梦入眠
觉，总是那么香甜
唱着歌走路
天，总是那么湛蓝
风起云涌，景一样壮观
春和景明，心亦有烦乱
走在自己的时区里
没有落后，也没有领先
享受自己的节奏
不要被他人看法改变
忙，要有价值
闲，滋味无限
勿要走偏，走远
最好的事情
都在不经意的时候出现

节日的背影

每个节日都步履匆匆
经不起蓦然回首
如同那一轮皎洁的月亮
迷失在期盼的目光中

时光总是那么绝情
无论你多么用心去挽留
赠予你的
仍是匆匆远去的背影

白发给年轮寄去一封情书
青山回话
不要相信眼睛
只有沿途的风景最忠诚

一念尘埃

跌进这白色的世界
生活不再可爱
静静地去，悄悄地来
生命的时光
像吊瓶的漏滴慢慢走开
多少恩怨，多少成败
一切都变得那么苍白
曾经的邪恶
被良心发现挡在门外
生死之间，阴阳两界
花开花落，一念尘埃
跌进这白色的世界
有多少偶然，多少意外
有多少幻想，多少无奈
含泪的梦呓里
多么希望从头再来

结局

越是锣鼓喧天
越是临近剧目的尾声
或许，岁月能懂
当下才是最精彩的历程
东风不来，桃花不灼
你的心是一座温暖的小城
恰如那扇紧闭的窗扉
用真实推开每一个黎明
昨天的故事
已经刻进了失落的心灵
雪花飘落不是结局
因为，既装饰了季节
又孕育了新生

生活的纤夫

每一天行走，都是在爬坡
每一声吭唷，都是坚韧的传播
生活是一首纤夫的歌
在心灵的河床上
沧桑着岁月，跋涉着蹉跎
在四季的风雨中
感悟着深浅，品味着苦乐
人生何处是港湾
远方，明月撩起一轮清波

福报

蓦然回首
才看清已走过的路
所有的日子
都是那么令人动情
每一个足迹
把无悔踩在了身后
宽容，消失了苛求
谦逊，赢得了老幼
吃亏，让别人舒服
品格，修成了一道风景
有你在就有温度
自然而然地
福气走进了你的人生

内卷

听着别人的故事，想着自己的事
很担心，那一扇共知的门被敲碎
人们从四面八方涌到同一条街上
在行色匆匆的面额上，写满焦虑

户外的空气越来越稀薄，彼此
已辨认不出对方是谁，星星
盯着疲惫的车流，守望着
那些整夜失眠，次日又要赶路的人

地球越转越小，连风都质疑：
这世界怎么啦？听说那些有钱人
要到月球上分割出售地皮，于是
人们起得很早，也想碰碰运气

写给父亲

父亲啊，抱着你的脚
夜里会睡得很香很甜，拉着
你的手，心中装满信念
你是我义无反顾的天
姊妹成长的背影
一刻未曾走出过你的视线

父亲啊，我外出读书
你忙着打工挣钱，不记得
你给自己添过一件新衬衫
从牙缝里抠出每一分钱
抽着报纸裹的老烟卷，吐出
一个又一个温暖的圈

父亲啊，到了晚年
你与伤病轮椅为伴
台历上，画满了思念的标签
孤寂的日子，毫无埋怨
灯一样燃烧到尽头，照亮
匆匆人生的威武平凡

感恩

当记忆走进了冰川
风捎来一片绿色的田园
那个让你灵魂永不入睡的人
许给远方一个无悔的誓言
善举，一直在成长
因果，风水轮流转
无须留下心灵契约的账单
善良的季节皆是春天
有时，感恩是一趟很长的反转
没有归期，只有起点

足下

其实并不遥远，记录
微信运动的每一个瞬间
有时，从心动出发
把所有努力揉碎在狼狈不堪
忘却失意的渔舟唱晚
品味岁月的静好冷暖，守护
一份初心不改，扛起
博弈未来的支点，拉开家门
奔向孤勇者的江山
或近或远，或苦或甜
做自己的王者，感恩平凡
为奔跑的每一秒买单
足下，风光无限

悄悄话

母亲的悄悄话
是说给她最信任的人听的
她会根据自己的逻辑分割爱
比例大小不一，又绝对公平
时时忙碌在情感的天平上
努力不让每一个人觉得吃亏
孩子是长不大的个体
她会让每个人保守一份秘密
暗暗提示他，又悄悄告诉你
于是，活得心安理得
其实，在子女心目中
母亲啊，本来就没有秘密

第三辑

指点财经

未来，也许日子会苦点

扛上一把猎枪赶路

静待花落花开

——摘自《黑天鹅》

信用卡

当诚信走向市场
已不再是声誉静态的虚拟
而是价值运动的载体
一张信用卡
既可丈量事业的高低
又能划出品行的轨迹
退休后
将不再与你有任何交集
珍惜！珍惜！

又降息了

如同
一记清脆的鞭子扬起
“三驾马车”顷刻变了轨迹
随之而来
楼宇伸长了身体
道路变得拥挤
集装箱堆满了码头
老板们脸上多了些笑意
讲话更有底气，只有
那些手持存单的储户
无奈感慨叹息
生活平静地延续
闹钟一样恪守不变的规律
人们吃着一日三餐
也不忘刷屏休息

断供

法槌落下的时候
梦碎了，心空了
那个花果飘香的秋天
从此，走向遥远
错判的风，吹不动
那只承载生命之重的船
多少起早贪黑的日子
生活，压断了那根扁担
既失去了现在
又亏欠了明天
还被打上失信的污点
风雨如磐，难呀
是原点，还是起点

数字城

——华为学习组诗之一

有多少梦想，就有多少星星
从黑夜走向黎明
有多少探索，就有多少成功
何处吹来了智慧的风
痴迷了一座城
是谁点燃了信念的灯
照亮了世界和不屈的心灵
在苦思冥想中顿悟
在废寝忘食中前行
传奇演绎了励志故事
创造开垦出数字文明
曾记否，一人一厨一狗
揭秘万象，遨游苍穹
一杯咖啡或许皆能说得清楚

熵变

——华为学习组诗之二

人类文明的迭代
从有序走向无序的未来
自然是一首生生不息的歌
熵变了万物存在
生命在增减中绽放异彩
叩问元宇宙的祖先
是风先去，还是云先来
穿越虚拟与现实的镜像世界
忘情于这时代的炫彩
情未了，花又开

黑天鹅

因为你的到来
让这世界很无奈
谁也未曾吹过你的风
相拥的岁月，衔来了
疫情、战争、旱涝和股灾

一个不速之客的暗访
引来无尽的伤害
何处是灵魂栖息的归处
叩问多舛命运的主宰
一只不祥的神鸟
用翅膀遮挡了生活的光彩

人们呼唤英雄的时代
期盼后羿射日再来，还有
景阳冈武松打虎的气概
未来，也许日子会苦点
扛上一把猎枪赶路
静待花落花开

伴飞的星光

风雨的征途
跋涉着民族奋进的铿锵
飘扬的国旗
放飞着华夏崛起的梦想
国人的期待里
擘画了中国的精神和力量
一个金融人的幸福
是把伴飞的责任扛在肩上
无惧山高水长
用青春照亮逐星的晨露
装扮奋斗的月光

酒

送走月亮，迎来霞光
昨日畅饮入梦乡
人逢知己，瀚海无量
志存天涯，豪情高涨
徐福东渡求仙方
始皇不老得琼浆
五百童男女，夜夜思爹娘
诉衷肠，若知御液在
何必扬帆万里长
星光泪，举觞溢芬芳
一杯嬴皇伴寻常

青春的样子，最美的苏行

踏着春天的旋律，我们走来
迎着黎明的霞光，我们走来
扛着崛起的梦想，我们走来
挎着伴飞的臂膀，我们走来
这就是苏行！这是我们青春的模样！

因为热爱，就有了一种担当
因为无畏，就有了一路铿锵
因为追求，就有了一身力量
因为奉献，就有了一生荣光
这就是苏行！这是我们进取的疆场！

十三年的奋斗，见证了成长
十三年的耕耘，催生了茁壮
十三年的创新，灿烂了星光
十三年的浇灌，绽放了芬芳
这就是苏行！这是我们放飞的希望！

我是一名综合柜员
在三尺柜台上蝶梦青春飞扬
每一位顾客，每一单业务

全都铭记在以民唯美的初心上

我是一名客户经理
在赋能企业上铸造品牌形象
每一笔投放，每一家走访
全都镌刻在向实而行的笑容上

我是一名授信审查员
在管控风险上严格制度规章
每一户审查，每一次补档
全都体现在匠人匠心的敬业上

我是一名运营经理
在操作合规上坚守底线不放
每一个异常，每一处核查
全都体现在塑形立神的标准上

无论你在前台，还是在后台
无论是干部，还是员工
无怨无悔，忠诚于自己的选择
尽心尽责，诠释着完美的自我
这就是苏行！这是多彩青春的力量！

跨越了历史，送走了沧桑
抛洒了汗水，收获了成长
我们未曾忘却昔日的长风破浪
我们未敢忘却肩上的使命担当
这就是苏行！一个写满传奇的地方！

一个新班子，一张新蓝图
党建引领，擘画基业常青的方向
融合发展，赋能机制创新的保障
落实“四敢”，扛起争先进位的坚强
扬帆再起航！让青春舞动万亿苏行！

走在筑梦的路上，我们自信
敢于挑战不可能，我们自强
以“三比”做标杆，我们自励
用智慧实现超越，我们自豪
站上新起点！让激情照亮倍增苏行！

那些蓄过的力，应是你此刻的光
那些暖心的风，应是你动情的场
一经选择，化作终生相随的翅膀
一旦融入，牵手价值回报的希望
情系千万家！做客户满意魅力苏行！

穿上苏行行服，我心飞扬
戴上苏行行徽，勇于担当
志存高远，不负披星戴月的时光
务实高效，树好以上率下的榜样
打卡奋斗路！做员工获得幸福苏行！

向风险要效益，向合规要质量
不碰监管红线，不触违规底线
廉洁是福，培育廉洁自律好行风

全面风控，精准稳健运营全流程
擦亮声誉牌！做监管认可放心苏行！

根植普惠民生，助力实体笃行
贴心市民市情，立足区域深耕
不负青春韶华，做一道动人的风景
不负责任期望，做一段精彩的人生
迈上新台阶！做社会称道最美苏行！

青春是一首歌，唱响岁月芬芳
青春是一首诗，谱写壮丽华章
我们走来了，步履更加铿锵
我们走来了，未来更加辉煌
共同的心愿，共同的担当
只为一个：客户满意、员工获得、
股东赞赏、监管认可、社会称道的苏行！

利息

当老人拿着泛黄的存单支取时
混浊的眼睛噙满光辉
或许有一件要操办的喜事
或许有一个意外等着救急
许多的许多难以猜疑
存单是现实的底气
那里种满了岁月的沧桑风雨
日复一日，年复一年
用汗水诠释着生活的真谛
核算人生的存期
有多少投入就有多少利息

浪漫，走在撸串的路上

淄博的路，闲适也狂野
千里之外，一群人相聚相乐
小葱，小面饼，小火炉
灵魂三大件，尽显本土特色
撒料，撸串，卷食，畅饮
风靡了一方，洒脱了生活
蒜蓉，辣酱，花生碎，辣椒面
抓住了胃，征服了每一个吃货
穷也来烧，富也来烤
惊艳的味蕾打开心灵一扇窗
看风雨，看日月，听恋歌
你曾来过，我也去过
幸福，可以简单地过
浪漫，可以用撸串去书写

讨债

电话已被拉黑，对话变得奢侈
人，成了若隐若现的幽灵
没有履约守信的可能，只有
四处躲藏的踪影，一份诉讼判决
对应着一步步滑向撕毁的合同
多少故事，要承载多少谎言
多少放弃，要毁灭多少信念
生活编织了无形的网，利益的诱饵
走丢了数不胜数的牵手过客
肃穆的法庭，天平下的法槌
一边砸碎了放纵与侥幸
一边呵护着守法与文明
甲方与乙方，从此走上了陌路

债

指尖与心间隔着一笔负债
压得每天起床比太阳还早
围着星海湖去转圈圈，心思
漩涡一样，躲不过湖水的眼睛
远山近景，云卷云舒，还有
春风撩起悠扬的翠柳鸟鸣
湖中，你那眉头紧蹙的额上
又叠加上一道道波纹

鸣锣开市

——写在华海诚科成功登陆上交所科创板

锣声响起，一只股票诞生了
股指 K 线图跳动起起伏伏的轨迹
人潮涌动的大厅，掌声打断追忆
沉重的棒槌划过的轨迹，刻入
起早贪黑的露滴，一路风起云涌
的酸甜苦辣，撞击痉挛的心扉

开市的捷报，送来投资者的信心
信任是资本运作的门铃，按下去
破解一个股票代码成长背后的难题
从两三间厂房，几个人团队做起
把初心打造成梦想中的样子，于是
在市场的渠道里为股东打捞红利

喜庆的祝福，装满高举的酒杯
这是一个企业的成人礼
喧哗褪去，夜空总有一场心雨
为这沿途的风景立传树碑，铭记
招股说明书上的每一个金句
为每一位归来者拂拭风尘

货币

当二维码闪亮登场以后
点钞机有了危机
人们失去了持币交易的快感
让押运车上的钱箱越拉越轻
薪酬开始发数字钱币了，银行
走远了点钞大赛的魅力
生活已无排队取款的焦虑
钱夹子成了收藏品，磨损的钞票
倾诉着长期被冷落的情绪
货币打上时代进步的烙印
从盘古开天到结绳记事
从以货易货到币钞演绎
历史演绎了文明创造的传奇
真不敢想象，未来
人类的货币之路会通向哪里

承祖大师印象

美食家的品味，
飘在传说，香在餐桌。
半个世纪的执着，
不改事业钟情的炽热。
可感动我的，还是生活！
一次厨艺展示，
沉淀几十年的思索。
回味故事，创悟道业，
不是哪道菜的独特。
而是他用沧桑的食材，
烹饪出的魅力人格。
居然，那么经得起咀嚼。

把玩

爱不释手的喜好
直至成痴
相伴终生的情结
承载了四季风雨
一种信物
玩成了掌内的宠儿
不大的天地
见证了非凡的经历
面对它
便能读懂主人的心思
找回曾经的记忆

签约

用诚信做一次对接
把权利义务平等分割
岁月蹉跎
纵横捭阖
磐石般坚守那份执着
践行是最美的风格
站在履约的两岸
湖光山色
任由后人评说

票据的感觉

你承载了结算的职能和货币的意义，
行走在数不胜数的商道里。
是持有人的权益，
也是贸易双方联系的工具。
有的人靠你创造了奇迹，
有的人因为你而毁灭了自己。
哎，票据！
想说爱你不容易。

徐福酒业小赋

神农福祉民生
杜康秫酒血祭
终成开坛十里酩醉
燃烧豪放激情
巧得奇文妙句
咏颂千古不朽丰碑
尽显一方灵秀
传承脉源之魂
萌化道法绿蚁新醅
始皇霸业乾坤
徐福东渡未归
踏破浊酒一杯红尘
梦想不负日月
浩气颐养天地
成就富甲天下精神
信守纯粮品质
执着革故鼎新
誉载匠心别具神韵
泱泱大国大民
汤汤四海情谊
扛起民族产业责任

海陵湖畔奋起
芬芳流转春晖
展翅万里神州腾飞

第四辑

风物传情

最美的风景，配上最佳的心情
为今日留下明日的守候
做一次无悔的远行
当下，是最精彩的春秋
——摘自《当下》

四月，那片油菜花

一片一片的鹅黄
给春天换上霓裳
走进庭院、田野和山岗
明媚了季节
沉醉了芬芳
蜜蜂在浅吟低唱
甜蜜着远方
风，踩着波尖飞翔
云，飘逝冬的惆怅
灵动的湖底
倒映着人间万象
四月，是桃花灼灼
亦是油菜花的梦乡

风的秘密

既然要穿过整片森林
何必担心走漏消息
不论白天，还是黑夜
每枝树梢都会被告知
别期望情商太高
也勿要埋怨智商太低
习惯了无影无踪
不去等待，也不去逃避
所有故事的情节
来自那一颗驿动的心

空城之日

——赏读油画《马背上的戈黛娃夫人》

独自走在寂静的街上
马背骑着全裸的戈黛娃
万人空巷，紧闭门窗
高贵的灵魂，洒满
考文垂市民心中的阳光
一笔减税的惠泽
让感恩长出了翅膀
那颗遥挂苍宇的小行星
穿越了春秋冬夏
任凭日月潮汐
功德的河流万古流淌
用信念去执守
托起一个平凡女性的坚强
油画的深处，传来
达达的马蹄声
呼唤着人性的善良

注：

（1）大约在1040年，英国考文垂市麦西亚伯爵，娶了一位美丽善良的妻子，叫戈黛娃。伯爵为了支持部队出征，下令征收重税，戈黛娃夫人恳求伯爵减征赋税，伯爵不胜其烦，放出狠话：“集市那天你敢裸体穿过考文垂的街道，百姓就可减免赋税。”结果戈黛娃夫人如约而至。她裸身骑马，靠长发蔽体，神态自若地走出了城堡，百姓们为了感谢戈黛娃夫人为他们所做的一切，把门窗紧闭，窗帘拉上，都如约待在家里。事后伯爵信守诺言，宣布全城减税。约翰·柯里尔1898年创作的油画《马背上的戈黛娃夫人》，讲述的就是这个动人的故事。

（2）天文学家以戈黛娃夫人命名一颗小行星。

窗帘

无论何种样式
世界都被分成外与里
外是春夏秋冬四季
里是一生一世秘密
快乐时
窗含旖旎风光千里
伤悲时
摇曳孤寂垂帘寻觅
碧纱袅袅沉烟
百叶叠嶂屏翠
风来，吹落梦香一席
雨落，情牵魂魄心扉
你装饰了窗台
生活又装饰了你

风情海陵湖

碧澈的湖水
微风里，掀起层层涟漪
婀娜的杨柳
堤岸上，轻拂满目青翠
酷寒的冬季
苍宇中，往来雁阵无际
逝水流年的记忆
多少惆怅，多少寻觅
浪花诉说龙王庙的传奇
乡音抚慰十万人的迁徙
一条大坝筑起民生福祉
一项水利安澜世代生息
渔舟唱晚稻香蟹肥
芦花纷飞河菱甜脆
万顷河床擘画景致
历史沉醉了你的故事
时代装扮了你的新姿
啊，海陵湖的水
润泽了两岸万家心田
飞度了复苏崛起芳菲

没有等到那场雨

云暗了，雷响了
似乎一切都在等待
那倾天而降的淋漓酣畅
最终，那一场雨没来
却把期盼挂到了苍穹上
郁闷，像一棵无风的树
长出了潮湿的星光
独处的故乡河床
孕育着不舍昼夜的远方
不要因为走得太远
而放弃了飞起来的愿望
因为，你不勇敢
没人替你坚强

船锚

任凭飓风狂飙
坚守的责任是把根扎牢
无论何时何地
无论深浅远近
只要需要，立刻下跳
船成了你一生的托付
忠诚是你价值的骄傲
潮起潮落
即使船没了
故事也像大海一样深奥

桨

桨，舟的翅膀
江海湖泊放浪
那是栉风沐雨的天堂
行舟人的梦想
一头是静谧港湾的馨香
一头是浩淼波涛的远方
彩霞或月光
桨声都在心弦上流淌

清风在说

我想对高山说
攀登，是为了征服自我
那些险峻和巍峨
最终化作跻峰的执着

我想对海洋说
航行，是为了岸的寄托
那些狂飙与巨浪
最终安澜于一把渔火

我想对小草说
努力，是为了享受生活
那些傲慢与歧视
最终灭失在立春前夜

我想对青春说
绽放，是为了不会错过
那些消极与懈怠
最终走不出芳华的陨落

我想对未来说

担当，是为了恪尽职守
放弃浮躁和苟且
一缕清风，一首歌

爆米花

买一桶爆米花，影院
多了一道香甜的风景
孩子们善于把看与吃分清
情绪与享受泾渭分明

成人最容易走进剧情
因为有碰撞，也有共鸣
爆米花升腾心空的月明
精彩了青纱帐多少幕场景

一粒玉米的世界很大
是种子就勇敢去破土
裂变，凤凰涅槃了人生
绽放赋能了平凡温度

既然遥远了乡村故土
也就失去热浪诱人的炮声
有时垂涎久违的味道
也许，会去看一场电影

充电宝

助人为乐的方式多种多样
而你的选择与众不同
时常在紧要关头
以消耗自我为他人赋能
空闲时，又忙着补充
时刻待命，现实中
人们仅看到手机忙碌的身影
殊不知，低调的你
躲在聚光灯的背后，默默
一路伴行，恪尽职守
凡是了解你的人
无不敬重你身上的温度

伏雨

蛙潮喊破了晨曦
骤雨顺着垂柳密密斜织
蝉鸣忽远忽近，空旷了
起早贪黑的乡村
那凉爽剔透的雨滴
律动着湖面曼妙身姿
一袭碧裙的荷花
摇曳出扎眼的亭亭玉立
沉醉了蜻蜓戏水
氤氲了飞瀑丛林
钟声，敲碎了冥冥梵音
一把感怀的雨伞
守望千年尘封的凡心
走进酷暑夏季
有时，一场意外的伏雨
也是一种爱很美味

读懂山风

走向青山
距离只相信你的脚步
爬山享受一种验证
真实是那缕清风

穿越碧水巅峰
回旋幽涧林丛
放下一身的静默沉重
于是，有了幡然灵秀

吹过你的风
真的算相拥
桃红柳绿装饰了眼睛
千里看心空

累了吗
醉饮一杯山风

一窗阳光

去做一扇窗
瞭望四季的变幻繁忙
一个角度一种景色
心情装饰了远方

多少斗转星移遥望
愁思如云飘荡
那块荒芜了心灵沃土
恩泽雨露霞光

纷纭世事沧桑
长亭古道，逆旅梦乡
一袭风雨的岁月
温暖一窗艳阳

佛手岩

不是为了一手遮天
而是为了一段善缘
始皇东巡叱咤万里河山
如来宠幸福佑人间
立起一只大手掌
成就一座石棚山
游龙会意，情动石变
惹出大闹天宫的荒诞
留下玄奘西天取经的真传
因果报应的超度
不搞逢场作戏的欺骗
指点迷津的箴言
顿悟跋山涉水的灵验
一块被朝圣仙石的气象
莫过于风月无边

月光，伴着思念走远

今夜，十五月亮十五圆
清辉洒满绿水青山
一缕秋风，一双泪眼
再无岁月能尽孝膝前

多少难忘，多少心愿
最是你买的月饼香甜
一个不能少的中秋
梦萦魂牵是有父亲陪伴

明天很远很远
昨天种满思念
相信每一次月挂中天
你我父子都会再续前缘

秋天，我该怎么回答你

不是因为走进了你
就有了收获的丰硕和灿烂
也不是因为有了热爱
幸福就会悄悄来到你身边
成长的季节，命运的田园
有多少希望种子要播撒
有多少干涸日子要浇灌
起早贪黑的憧憬
装饰了梦想航船的远帆
风雨兼程的无悔
扬起着使命担当的长鞭
我不愿辜负
春的芬芳，夏的娇艳
我更不愿奢望
这一季的谷子
温暖着一个又一个冬天

潮声，从指缝中滑过

多想救赎那些凝固的时光
忘我的出神，专注的遥望
双眸悸动着多少意象
似梦中潮水在心海里激荡

拉着故乡的月亮去寻访
有校园那棵亲手栽下的白杨
有出操队列里的少年面庞
书声沉醉了西下夕阳

一个海陵湖畔的小小村庄
沧桑沉湎于古老的河床
幸福是要走向远方
让弱势的父母也能活得风光

走失了记忆，走出了创伤
割舍不尽人世间情义一场
余生愿做一叶扁舟
孤寂在浩淼无际的远航

岁月太匆忙，恰如
潮声，从指缝中滑过
不留一滴泪痕，一点星光

一棵枣树

老宅子里一棵枣树
结满了母亲的心思
买日用品，还要还债务

一直用心呵护
每一颗枣都是一个期望
相伴了大半生
风雨无阻

母亲说，是“摇钱树”
父亲说，是“精神支柱”
多少艰辛困苦
在树下化解消除

父亲走了，它枯了
不老的记忆
成了故乡视野中的风景

石榴茶

酷暑难当
就会忆起那碗石榴茶
外婆的智慧
让岁月弥漫了芳香
把贫穷的日子
过得像贵族一样
花好月圆时
石榴树站成一种期望
等喝茶的人
也在思念您的模样

煮一壶秋色，等你

湖波清澈见底
把白云洗得更白
秋风吹干晨露
让丛林浸染芳菲
一片枫叶，一封家书
传来故乡秋收的讯息
雁阵拉高了苍穹
远去了田头揩汗的母亲
在她远眺的目光里
多少期待，又多少欣慰
最担心低头的瞬间
忆起一生陪她捆稻谷的人
只能煮一壶秋色
用余生，等你

东沙湖的秋

一湖碧水倒映苍穹
鸟鸣唤醒了静谧的黎明
白云氤氲了水下远景
独守栈桥渔人码头
晨风无力扶起
那片片芦苇、荷叶和菖蒲
青黄交错，相伴相拥
晶莹的柳叶霜露
怎解人间万般风情
季节是不速之客
一枚枫叶洗练飒爽金秋

风筝

未起飞，已知道翱翔的模样
因为赋能了自己的成长
是一只蝴蝶，或是一只蜻蜓
是一只雄鹰，或是一条飞龙
风来了，梦想就可以升腾
命运就像一只风筝
可以放飞一望无际的苍穹
那根牵线守护着追求和高度
不会迷路，随性飘舞
拉住每个日子，踔厉前行
把愿望做成千百个带光的风筝
来照亮夜空，迎来了黎明
雨过天晴，那些风筝
化成了星星，化成了彩虹

掼蛋

母亲学会了掼蛋
饭后，总是要掼上一局
乐此不疲，很迷恋
尽管牌技不高，但兴致不减
喜欢姊妹三个一起陪伴
无论玩到几点，都很情愿
她习惯与儿子组合出战
赢牌就多了一些胜算
这样的日子，成了她的习惯
平时大家都忙，凑齐也难
于是，这又成了她的期盼
父亲年初走了
伤别，让她内心寂寥孤单
嘴上虽不说，也看得见
掼蛋时，我们发现
母亲的眼神很幸福很灿烂

沙子

尽管细小如粉
却也承载了大海的魂灵
伴着潮起潮落走来
见证了千帆过尽的豪情
拥着惊涛骇浪起舞
磨砺了璀璨剔透的晶莹
踩踏着海水走来
每个足迹溅飞浩瀚回声
抓一把侧耳倾听
传来烽火云烟的历史峥嵘
聚沙成滩，又情系手足
人们时常热衷于眺望大海
却忽略了足下的感动
一粒隐入尘烟的沙子
写下了大海的文明

枕着潮声去过冬

起风了，人未醒
梦里有狂飙巨浪的铮鸣
世界是不平静的海
激荡风云岁月的峥嵘

命运成就了一次航程
由此岸到彼岸
远帆把目光赠给了苍穹
魂系草长莺飞的回眸

未来的路有多久
夜半传来新年的钟声
愁思装饰了满天的繁星
守望万古不朽的憧憬

这个季节很寒冷
来不及调整落寞的心情
做一次温暖的出行
有爱的地方就有春风

瑞雪归途

灯光里的纷纷洒洒
曼妙的舞姿，晶莹的菱花
多少久违的日子
多少无声的记挂
从南到北，从冬到夏
不是错过了眷恋的季节
而是爽约了寂寞的闲暇
寒风凛冽的村口
静候着翘首以盼的老妈
夜半钟声的站台
潮润了南来北往的面颊
每一片飘落都是遥寄
大地涌动的春潮
孕育无悔的人生芳华
一路的浪漫陪伴
牵手了最美丽的回家

信仰，写在民族的魂魄上

（抗日山组诗）

一座不死的山

巍巍沂蒙群峰，郁郁苍柏
猎猎血染军旗，泪飙泉涧
多少梦萦魂牵，叩击国人心弦
多少烽火硝烟，弥漫杀敌前线
一座山，用青春热血浸染
一代人，用英勇无畏立传
青山有幸埋忠骨，报国无憾
永垂不朽殉国难，重于泰山
当自由的紫薇开满了山岗
当抗战的捷报告慰于墓前
可歌可泣，黄海之滨潮起云卷
丹心化碧，青史千行万古流传

中国的“耶路撒冷”

一边是枪声，一边是锤声
战争和修建相伴炮声的呐喊
800位忠骨静静在这里长眠

3576个烈士英名碑刻在陵园
一座山仅有173米，却高过了
海拔8848米的喜马拉雅山
以抗日山命名，中国独一无二
走近它，沐浴一场精神的殉难
读懂它，领略英雄史诗的浩瀚
不解甲归田，不晋级升迁
死后依生前战斗序列集结墓前
守望万里河山，兑现铮铮诺言
苍山如海，残阳如血
可歌可泣，亦传亦奇
站在历史的断崖上，仰慕伟岸
穿梭岁月的回声里，聆听遥远
母亲啊，自古忠孝不能两全
亲人啊，和平需要生命交换
这个大山上没有失败者
只有踏着烈士血迹前进的后来人
这是一座山做的碑
这是中国的“耶路撒冷”
它是滨海军民心中的精神家园

群英谱

那时的他们还很年轻
那时的中国英雄辈出
一座山是一本读不透的书
写下了华夏儿女的不朽诗篇
一座山是一个人生舞台

上演了举世惊殊的战火硝烟
将星闪耀的背后，每一个名字
都令敌人胆战心寒，每一个背影
留给后人一道风景线
符竹庭，滨海战区美名传
策马扬鞭闯鲁南，血染赣榆城
泣鬼神，八百万人民记心间
彭雄，白马将军闯平原
骁勇善战，未攻早已破防线
伤离别，小沙东海战不幸遇难
田守尧，征途受命挽狂澜
屡建奇功，进军盐阜战不断
驾鹤西去，延安尚演反谍战
朱爱周，一个抗日县长的典范
舍生取义，血祭故土家园
沭海烟波泣英灵，鲁苏建丰功
将士魂归又重逢，数不胜数
和平，是绽放在血污上的玫瑰
信仰，只能写在民族的魂魄上

乡情，是一位走不丢的理发匠

从清末的剪发易服
到舅舅为留辫子外甥削发换记
理发匠承载了太多的责任

乡情是难以忘记的思绪
为何故土难离，就是
割舍不下生命里的点点滴滴

梦里，遇见理发匠的挑子
一头是凳子和理发工具
一头是燃烧的炉子和冒热气的盆

后来，有了带镜子的房子
梳剪着岁月的一春又一春
那里的故事长成了故乡的根

梧桐的心事

晚秋的梧桐
褪去华丽的外衣
与丰美做一次别离
留下轻松的身躯

秋风悄悄走来
拂去思念的泪滴
低声耳语
这是季节的足迹

一场大雪纷飞
妆裹一个浪漫传奇
冬天的童话里
梧桐的心事
那是写给春的秘密

哦，不朽的梧桐
哦，梦呓中的谁

海浸石的传说

一块风蚀的崖岩
长进了云台山的峰巅
参差斑驳的边沿
刻下海浪吻别的思念
那远去的狂飙巨澜
叙说寂寞守望的千年
浩渺苍宇的回响
见证沧海桑田的变迁
这天上人间啊
弹指一挥几亿年
谁说山高水长路很难
缔造了石头冲顶的奇幻
梦想并不遥远
在乎日出日落之间
一片问道的贝壳
记载了远古悠悠的呼唤

骑车

骑在车上
似乎脚下的地球都是我的
这么用力前行
只有风从耳旁刮过
不知过了多少季节
蓦然回首
发现我依然还在路上
车子未动
我还是我
只有风儿变得比原来弱

葛根藤

你的毅力不是一抹春色
而是根植山土的执着
竭力吮吸营养，壮大
以迎接冬季的冰霜雨雪

从不忌嫌上辈的选择
无论生于何地
都会从容淡定地生活
断了，也依然绽放花朵

也许是长期与山为伍
历练了沉默的性格
当被碾磨成晶状的粉末
价值让人们品饮后评说

海英草

盐碱地上的青春
是一片片绿油油的壮观
没有肥沃的本钱
却能把苦涩转化成香甜

黑夜里的等待
一株草就是一根桅杆
赶海归来的靴子
踩上去软软绵绵

为一方水土而生
咀嚼不尽蹉跎的从前
无论日子多么艰难
翩跹的舞姿就是一种宣言

金镶玉竹

注定你做不到高耸入云
却拥有黄金似的外衣与
翡翠般的纹理，居然
把一座山装扮得很神韵

低调朴实让你有了铁粉
不经意处的惊艳沉醉
让一枚邮票的发行
赢得了世人别样的追寻

也许，气节是一种命运
演绎成傲来国的传奇
秉持四季的本色，享誉
匡正祛邪的朗朗乾坤

啊，一个吉祥富贵的名字
啊，一颗气节挺拔的虚心

读懂枫叶

用一抹深红
去装饰一个季节
用一段青春
去演绎人生的热烈
平淡，也不招惹
悄无声息
小小角色
穿越风雨冷热
历经艰难坎坷
即便飘落
也要独守自己的风格
从不羡慕风花雪月
只为秋天讴歌

秋韵

枫叶飘舞
带着酷暑的炎热
宣告一个季节的走过
就像一叶扁舟
读懂了大海的波澜壮阔
豪情挥洒的跑道上
白发感动着岁月
永不放弃
那对生活的热爱和执着
捧读的清晨
芬芳弥漫秋色
忘情于季节的缤纷交错
这，诗韵如画
那，风姿绰约

老人与海

老人，海，还有鱼
构筑了生命的三元
没有人的海
大海就失去了灵魂
没有海的向往
人生就失去了桅杆
鱼，在老人与海之间
缔造出一种信念
一次次的无功而返
让孤独沉淀出坦然
保持生的希望
勇气可以永无极限
拼尽所有地接受
不会留下纠结与遗憾
活在自己的国度
续写圣地亚哥的经典

岛神

如同一片枫叶，
诠释了整个秋天的意义。
海岛坚守的岁月，
见证了另一种人生价值。
缥缈无迹的大海，
认定了一段忠诚的传奇。
停靠岸边的小船，
似乎还在回忆，
那些相伴的日子。
盘旋鸣叫的海鸥，
一直在寻找昔日的主人。
只有那些伤心的浪花，
在反复地告慰，
他没离去，
他没离去……
他就是岛上那面永远飘扬的旗！

秋天的风格

岁月是一条长长的河，
它流淌着记忆，
也传递着感觉。
就像那飞舞枫叶，
用它的斑驳，
描绘了秋天的韵律和色泽。
于是，所有的曾经，
都凝固成季节的 logo，
标注着异彩纷呈的传说。
哦，如水的时光，
哦，不老的风格！

寸草春晖

清晨，
阳光普照。
沉睡后的大地，
一切皆好。
远处，
回荡着春天的歌谣。
有杨柳的妩媚，
还有海棠的多娇。
生活的沉重，
挡不住小草的微笑。
感恩，
是最神圣的话题。
那份祝福，
那份牵挂，
始终会被带到天涯海角！

遛狗

那是两种期待的和谐
一根绳子是人与动物的融合
另一根绳子是情感的寄托
忠诚打动了人类，于是
牵挂被带向四面八方
极致的宠爱装饰了岁月
一高一矮的背影
留给大地无穷无尽的思索

后记　　诗歌，是一口挖不透的井

这些年，诗歌已经成了我生活工作不可或缺的灵魂伴侣，似乎每时每刻都有一种不可抗拒的写诗冲动。尽管我每日的绝大部分时间都在为一个单位的经营发展忙碌和奋斗，但内心深处始终庇护着一块自由的空间，让自己扛起了写诗的使命，且欲罢而不能。美国诗人史蒂文斯曾说过：“写诗可以给心灵解压。”而我的体会则不仅仅停留在心理调节这个层面，因为其有更多的价值依附。写诗是一个人独立的文学活动，完成一首诗的创作，如同在不同生活领域里开挖一口“井”，以此汲取出润泽生命的玉露琼浆，又可窥探心灵天空上的电闪雷鸣。说到井，我就会想起家乡人的打井生活。他们在不同的土地上开挖水井，用于浇灌或饮用。地方不同打出井的水质也不一样，同一口井深浅不一，水的纯度也有差异。即便是同一口井，时代不同，环境不同，淘井的频率不同，其流淌出的泉水甘冽程度也有很大区分。井，是有灵性的，不仅传承了地方烟火之气，也浓缩了一个人或一群人的时代命运气象。于是，便有了“凡有井水处，皆能歌柳词”的民谚。记得当代文学家陆文夫曾用“井”，描写了苏州小巷深处一个普通知识女性徐丽莎的人生悲剧，小说与诗歌虽然表现的形式不同，但在抒发情感需要的地方打上一口“井”，作品就自然拥有共鸣的人气和反刍碰撞的底气。

回顾2018年以来我先后出版的几本诗集,《逝水流年》《幸福的意外》《打卡的青春》等,一路写来,虽然风格上有一定的沿袭和传承,但在艺术水准上,一点也没有放松突破和提升。记得著名诗人胡弦曾说过:“一篇文章,如果看它的艺术水准可能没有多少成熟而言,但对于作者本人情感的使用、消耗却具有重要意义,它甚至可以体现为一种具有生命内在激发的不衰竭的力量。”这种写作状态,我认为就是一种诗歌创作的“打井”状态,在乐此不疲的开挖过程中,去感悟生活中过去、现在和未来的各种物象,从中发现高于生活的底层逻辑和价值意义。一段时期坚持下来,再把当下写的诗歌与以前的作品进行对比,许多变化还是明显的,在常态的醇正、清新、明快、隽永、凝练的风格之外,多了一些诗意哲学认知的厚重。在不同的意象上挖掘诗歌之“井”,情感泉水的诗意内涵亦截然不同。比如《雕工》中“每个摆件的背后/皆是那满手茧子的殉情”,《船锚》中“即使船没了/故事也像大海一样深奥”等,皆为写证。

诗集《过客》,汇集了184首最新创作的诗歌,分为“古城春秋”“悟道人生”“指点财经”“风物传情”四个部分。可以说,大部分作品都来自这座“海古神幽奇”文化魅力古城行走的发现和感悟,倾注了我对这座城的情感和哲思,还有部分是对财经生活的揭示。每个人都是天地之间的行者,也是光阴的匆匆过客。诗集有写实对应的个性图景,也有写虚的意象重建,这里的城址是一种诗意的城址,每一首诗同样是开凿出的一口新“井”,彼此之间的区别在于开挖地基的“岩层”和“元素”不同,自然从每一口“井”中品饮的诗味也不一样。

诗集中的作品有不同时间跨度的交织,也有不同泉眼流向的汇集，这样的抒写有利于想象力对实用价值的突破，让丰富的意象和诗情得以构成和展开，并朝着无穷无尽的方向延伸。另外，在诗歌意境的营造上，我做出了积极的尝试，特别是学习借鉴中西方一些著名诗人的“造境”手法，少一些直白的解读与抒怀，多一些秘境的带入和沉溺，以达到精神和实体的自然结合。当然，在对待诗歌语言的态度上，那是一种永无止境的锤炼和追求，诗歌存活在语言环境的土壤中，离开了语言的哺育就成了无本之木，再精辟的诗理也会黯然失色。为此，努力写好每一句话，用好每一个词，以构筑最美的语境，唯有如此，读者才能从诗歌之“井”打捞出更多的美。

是为记。

庞涛

2023年6月16日于连云港